안효만 제7시집

소년이 된다

문학 춘하추동

소년이 된다

안효만 시집

문학춘하추동

<시인의 말>

삼여(한문) 란 말을 되새겨보는 년말이 왔다.
우리가 평생을 살아가면서
하루는 '저녁'이 여유로워야 하고
한해는 '겨울'이 여유로워야 한다는데
어찌 마음먹은 대로 되던가.
또한 일생은 '노년'이 여유로워야 한다는데
지금의 나는 아쉬움을 옆에 끼고 동행하는 형국이니
참, 난감한 처지에 놓여있는 것 같다.
그만큼 미리 준비를 못 한 삶에
눈만 멀뚱거리고 있는 현실이 안타깝기 그지없다.

올 한해 지어낸 글을 모으는 터에 만감이 교차하고 있다.
어느 놈 하나 손들고 버젓이 서 있는 모습이 보이질 않으니 말이다.
어쩌랴!
농사를 지었으니 수확은 해야 하지 않겠나 싶다.
부족은 하지만 마음을 주고받으며 고뇌한 보람을
조금이나마 느끼며 챙겨보는 여유로움을 갖고자 서둘러 본다.

동지섣달 긴긴밤의 너스레를 위안 삼으며 함께한 고독한 순간을 승화시키는 마음으로 즐기고자 한다.

언젠가 불쑥 나타날 눈 크게 뜬 시 한 편 쓰게 될 꿈을 기대하면서 채우지 못한 아쉬움을 여유로 남겨 더 갈고 닦아 나를 짜릿하게 할 여분이라 생각해야겠다.

날씨가 매우 춥다.
감기 조심해야 할 나날이다.
수고한 스스로를 위로하면서
한 해를 마무리하련다.

2025. 12월 마지막 토요일에

고향 만사리에서

술래 **안효만**

차례

2부: 네게 오는 길이라면

3부: 오려나 기다리면 오지 않고

4부: 너는 나를 나는 너를

5부: 그리고 나를 인정하나는 것

1부

인생은 흐르기만 하더라

살아가면서

참 아이러니다. 미쳐야만
살 수 있는 세상이 아니냐
사랑도 직업도 삶조차도
미치지 않고서는 도무지
이뤄낼 수가 없지 않던가
그러니 세상이 온통 미쳐
저만 살면 된다 설쳐대니
순박한 민초들은 그 틈에
등 터지고 속 곪아 터진 채
좌불안석 북새통인 게다
또 네가 알고 내가 알듯이
남 헐뜯고 사는 세상에서
얼마나 힘든가 살아남기
어찌 보면 참 안타깝게도
함께 가야 할 우리 짐이라
하지만 어쩌랴 운명이니
무소불위처럼 그냥 가자.

오솔길을 거닐며

그립다
그립다고
되뇌어보는
아쉬움의 미로

오로지
그 하나로
시작과 끝을
아파하며 걷는

단풍이
미치도록
곱게 물들어
더 그립게 한다

생각이
깊을수록
이상도 높아
살찌는 그리움.

너 어떻게 사느냐고 묻는다면

흐르는 구름 바라보며
수없이 많은
사랑과
눈물과
아픔과
이상과
이별을
또한
꿈까지를 얘기하며 살아왔지만
한낱
소망이었을 뿐
날
크게 감동시켜 줄 만한
결과는 없는
희망 사항이었다.

하늘도 지쳤는지
감 놔라, 대추 놔라
훈수조차 하지 않으니
내 생애

족 부러진 인생의 삶은 아닌가 한다.

하지만 작대기 두 동강 나게끔
"자식들 까불고 있어!."
큰소리 내지를 수 있는 시 한 수 짓고 가련다

나
그래
"나! 안효만이야" 라고
큰소리칠 외침 하나 놓고 싶다

그렇다
이제 소망하는 작은 꿈은
노을빛에 물들듯 스미어
붉어지고 싶은 그 마음이다

는 감고 있다
지금

넌 어떻게 사느냐고 반문하며.

흐르는 세월

무엇이 문제 문제였냐고
시절은 내게 말을 걸지만
딱히 대답을 하지 못했네
상황 알면서 이행 못 한 건
다분히 나의 잘못이기에.
날 떠나간 너는 또 웬 말을
남에게 흘려 나는 힘들다
어쩌면 당시 내가 할 말은
한 번쯤 만류 안 한 것 하나
지금껏 후회는 많이 했다.
이제 우리는 자기 갈 길을
온전히 찾아 잘 살아가고
모두가 잊어 덮어졌는데
얄궂은 옛 얘기 꺼내 뭘 해
그냥 서로를 응원해 가자.

호박사탕

아내가
입에 넣어준
호박 사탕 하나
입안을
사르르
녹더니만
그 행복한 맛이
온몸에 스미어
휘휘휘
휘파람을 분다
아주
신이 났다
발걸음도 가벼운
이 마음을 알까나

아내도.

좋아서

가끔은
널 생각하는 것만으로도 행복이었고
가끔은
너도 날 생각한다는 사실에 즐겁기만 했다

어느날인가
또 다른 생각이 날 시험하던 날
넌 그곳이 아닌 딴 곳에
누군가를 만난다는 소식을
전해 들은 적이 있었다

하지마는 젊음의 한때려니 로 생각하니
그 또한 즐겁기만 했다
너는 그럴만한 충분한 예쁨을 갖추었으니까
가끔은
누구나 호기심으로 점철된
의도치 못한 꾀임에 빠져들어
강남도 가게 마련이니까 로
치부하고 말았다

아직은 너와 내가
서로를 좋아하는 이상의
관계가 아니고
서로를 알아가는 사이인터니
더라도 그럴 거라 생각을 한다

나
너 좋아하고
너
나 좋아하고

지금으로도
우린 행복한 시절이 아니던가

좋아하니
좋아서.

산다는 것

쓴맛이 있어 단맛을 알고
아픔이 있어 기쁨을 알고
불행이 있어 행복을 알고
절망이 있어 희망을 알고
가난이 있어 부유를 알고

살면서 부대끼는 갈등이다
자연스레 삶의 의미를 찾아
겸손과 미덕의 아름다움도
깨닫게 되지 않던가

허기짐이 있어 밥맛을 알고
해진 옷이 있어 새 옷을 알고
남루한 행색이 준수한 자를
부러워하면서도
아들딸 자식 있어 내일의
희망을 향한 지난한 과정을
감내할 수가 있었다

모든 것은 사랑의 힘이다

어릴 적 검정 고무신을 신고
질퍽이는 오솔길을 걸어봤기에
오늘의 우리가 존재하며
감사할 줄도 배웠지 않았나

'눈물 젖은 빵을 먹어 봐야
인생을 안다" 하지 않던가

누구나 어려운 시기는 있다
감내하기 힘들 만큼이었지만
부딪치어 맞섰기에 해결에
이르렀고 지금에 서 있으니

참고 또 참은 탓에
결국은 겪어내지 않았는가
우리는
우리가 말이다

그러하니
지금의 우리는 대단한 존재다
아니 그런가

당신.

세월이려니

지는 해 잡을 수 없고
흐르는 물 막을 수 없듯
흐름은
자연의 순리라 생각한다

순리에 따르다 보니
이제 스스로도 감당할 수 없을
지금에 서 있는 나를
인지하게 되었다

인생의 고개를 넘어서면서
되돌아갈 수 없음을 깨닫고
순간 망연자실한 찰나의
허무를 하염없이 곱씹었지만
딱히 맞설 재간은 내게는 없다

그저 세월에 순응하며
참다운 한 생을 갈무리해야 할
마음가짐을 추스려 볼 일이다

할아버지 할머니가 그랬고
어머니도 아버지도
그리고
모든 이웃의 어른들도
아쉬운 삶을 운운하며
참다운 인생을 부르짖는
한 시절을 노래했을 따름이다

창밖엔
하얀 눈이 내린다
모든 이의 시름을 덮으면서
새 희망을 얘기나 하듯이

초저녁에 일이다.

송년이란다

땅따먹기한 세월이었다
그렇치 않고서야 왜 이리
뒤돌아볼 짬도 없었던가
쭉 외줄 그어 여기까지만
한 일이 이리되었단 건가.

내갈 길을 잴 틈도 안 준 채
쉴 겨를조차 없는 상황에
송년회라니 당치도 않다
혼자 외치는 안하무인인
년 말이 당혹스러울 따름.

간다니 가랄 수밖에 없고
아쉬운 마음 달래리라 고
하나둘 모여 못다한 소회
입버릇처럼 되뇌어가며
찾아올 새해맞이 할 밖에.

첫눈이 내리던 날

첫눈이 내리는 날
골목길에 나서서
얼른
눈을 감았습니다
그녀의
촉촉한 입술이
뜨거운 나의 입술에
살포시
입맞춤 할 거란 걸 알기에

엇!
왔습니다
나의 입술에 스며드는
감미로움이 있습니다

그녀가
내려와서
날 껴안고 있습니다
꼬옥!

그래라

울지 마
울지마라
울지 말래두
울지 말라니까

뭐 그냥
"울고 싶다고"

그래 그럴 때도 있더라
마냥 울어 보고 싶을 때가

그럼 실컷 울어라
네 속이 후련하도록
네 분이 풀릴 때까지다

됐다 싶을 때 그쳐라

그래라 .

늘 하고픈 말

오늘도
하루 종일
온전한 행복 누리게 되기를

맘 편히
다리 뻗고
누울 수 있는 그런 날이기를

사람들
하하 웃는
행복한 순간 간직해지기를

내 인생
매일매일
오롯한 삶이 이어져 가기를.

그런 날

대문 밖을 나서는
그녀의 모습이 하도 예뻐서
가던 길을 멈춘 체
돌아보고 말았다

그런데, 그런데
생각보다 더 예뻤다

세상에 이런 일이
내 앞에서 펼쳐 졌다

그리고 난 그만
그만 주워 담아야 했다

안녕하세요

시선의 눈을 의심하듯
껌벅임으로 확인 중이다.

그렇다
생각했던 것보다 더
멋지있는 여인 이어서
또 한 번 놀래고 말았다

방금.

자물쇠

오늘도
어제처럼
입 다문 채로
내 임무 수행 중.

사랑은

사랑은

아끼거나
감추거나
흥정하는 것이 아니라
그냥 베푸는 것이고
주는 것이어야 한다

사랑은 조건이 없다
주고받는 마음이다
한결같은

다만
아무한테는 결코 아닐 수도 있다

주는 마음과 받는 마음이
하나일 때만 가능하다
사랑은.

아부지

괜찮아
가자 집으로

어여 가자
집으로

괜찮 테도

집이 있지 않느냐
가자 집으로

아부지다
내가!

홍시

기다림이 좋았다
넌
날 생각 했을 테고
난
널 그리워한 세월

볼수록
기다림의 간절함이
지는 노을처럼
붉고 감미로웠다

그러더라
까치란 놈도
하루에 한두 번은
널 지켜보며
군침 옹물었단다.

사유

행복은
내가 만들어
나에게 주는 선물이라는데
우리는
만들려고 애만 썼을 뿐
느낄 줄은 몰랐던 것 같다

또 하나
생각하며 살 것인가
생각에 끌려 살 것인가

인생 !
결코 길지가 않다
긴 안목으로
미래를 생각하며
오늘을 사는
우리가 되었으면 좋겠다

하지만

너는 너였고
나는 나였다

행복은
결국
챙겨 갖는 자의 몫이었다.

첫눈

그녀의
촉촉한 입술에
나의
입술에
사르르르
스미어 든다

가벼운
입맞춤으로
반가움을
말한다

사랑을
속삭여 온다
촉촉한
부침으로

첫사랑
첫사랑이란다
그래
첫사랑이었다.

세월은 흐르건만

레인코트의 깃을 올리며
쇼윈도우 문을 나서던 그대
철없이 따라나선 시선이
멈추는 순간 끊어진 기억
버스가 태워 떠난 후였다.

그날의 기억 바로 멈췄고
버스에 올라 잊혀진 뒷태
그녀는 어디 어디에 있나
눈이 내리는 오늘 같은 날
또 어디쯤 코트깃 올릴까.

인연의 끈 놓치 못한 채로
요동치는 맘 멈출까 해도
창가로 스치어 선 그 미소
쫄깃한 감칠맛 뇌리를 쳐
찾으라 찾으라 또 외친다.

아! 글쎄

어느 날
문득
눈을 떠보니

이를
어째

꿈은
사라지고
인생은
흐르기만 하더라
바다를
향해

난
아닐 줄 알았는데
난.

시절 탓

가을은
참
덥다
정말 덥다
도깨비처럼
돌아다니며
불만 지르고
나 몰라라
시침 떼니까

아니,
혼자만
즐기니까

그래서
빨리
오나 보다
겨울이.

12월의 당신 -첫눈

볼수록
상상했던 것 이상으로
당신은 아름답다

정작
당신을 만나
사랑 고백을 할라치면

당신은
정말, 더 어여쁘도록 순수하다
그 아름다움이 소중해

차마
입에 발린 말 못 한 채
발 동동이다가 돌아선다

올해도.

세월이 나이 들수록

난
그냥
나이고 싶다

너도 그냥
너이길 바란다
지금처럼 곱게

난
지금의 나이고 싶다

너도
지금의 너이길 바란다

오늘처럼 고운.

생각한다 그 시절

그 애가 좋아 짓궂다 싶게
그 애의 행동 유심히 보며
예쁜 모습은 가슴에 담고
부족한 듯 딴짓 보여지면
살짝 훼방 놔 힘들게 했던
꽤나 유치하고 쪼잔해도
재미있고 신나던 그 시절
그 애도 나도 잘 보이고자
무진 애를 써봤던 한때 가
가끔 생각나 되돌아가면
'좋아해'란 말 왜 못했을까
아쉬운 마음 지금껏이다.

첫눈

첫눈이 온다기에
대문 밖을 바라보니
눈은 나폴나폴 춤을 추며 즐기는데

달음박질한 그리움이
숨 헐떡이며 내 가슴에 들어선다
수줍음 타는 첫사랑을 데리고서

아!
순이가 또 날 부른다

콩닥콩닥 설레는 가슴
정신없이 뛰게 한다

첫눈이라고
첫눈이 내린다고.

11월은

참 애쓴 세월의 보람이 보인다
봄에 싹을 틔워 주어진 세월을
오롯이 최선을 다해 성장한
제 모습을 온전히 마음껏 꾸미어
들판에 우뚝 선 모습이 얼마나
대견한가 말이다

나무는 단풍으로
곡식은 알곡으로
풀꽃은 씨앗으로
동물은 튼실한 몸으로

여름내 고군분투한 삶의 여정이
눈에 보여지지 않는가
모두가 자랑스러운 눈망울로
또랑또랑 야무지다
어여쁘기가 한량없이 눈에 밟힌다
지금
이대로 시간이 멈췄으면

참 좋을 것 같다
보는 것만으로도
뿌듯함이 이리 좋은데 말이다

오래오래 행복하고 싶을 일을
언제쯤 무엇으로 느껴볼 수 있으려나
싶어서다

마음의 풍요가 이런 것임을
새삼스레 느끼며
감사한 마음의 인사를 전한다

11월의 보금자리 행복을
무엇으로 보답할 것인가

그저
감사할 수밖에
그럴밖에.

시월에는

단풍이
곱게 물든
숲속에 들면
너도나도
청춘

청춘 예찬이다

모두가
예쁜
사랑에 물들어
맘껏
취하고 본다

나도
너처럼.

노년의 가을 오후

단풍을
바라보면서
감사함을 배우고

찻잔을 손에 들으니
첫사랑이 그립다

사랑이
살아있어
눈물겹도록
고맙다

나 지금.

행복론

행복은
마음속의 그리움이고 기다림이다
간절한 그 하나를 꺼내
음미하면 행복이다

순간일 수 있고 생각하는 만큼
오래 지속될 수도 있다

행복은 늘 마음속에 존재하고 있다
필요할 때 향수를 뿌리듯 꺼내쓰면 된다

꺼내라 그리고 느끼면 된다
마음 아닌가
아 행복하다
난 이렇게.

가을에 떠난 여인

소나기 사랑 퍼부어 놓고서
어디로 가셨나요 어디로
그리움 살짝 수 놓는다더니
구름 손잡고 떠나간 당신
춥다는 겨울 어찌 맞으려.

타는 가을

뜨거운 색깔 너무 강렬한
불타는 가을 숲을 거닐면
차마 돌릴 눈 빼앗긴 미려
어쩜 좋아 절로 감탄, 감탄
비경의 만추 껌뻑 홀린다.

시월이다

하늘이 높고 파랗다
올려다볼수록 더 깊어지고 파래
깨금발 짓다 퐁당하고 빠졌다

가을 하늘이
날 삼키어 씹는다
더 깊어지고 새파래지려고

아
또 빠져든다 시월 하늘에
내 마음을 빼앗기고 있다

내 마음을 맑고
아주 넓게 키우고 싶나보다
시월 하늘은.

낙엽이련가

얼마나
오랫동안
그리웠을까
여인을, 사랑을

가을이
누리었을
마법의 사랑
아, 뜬꿈이었나

사랑은
수수께끼
풀리지 않고
흐른다 물처럼.

감사하고 고마워서

너를
품에 안으면
행복에 겨워
튀어나오는
말

사랑해.

2부

내게 오는 길이라면

나는 행복한가

그녀의 창문을 바라보며
무엇을 하고 있을까 궁금해하고
지금쯤은 음악을 듣고 있음의
노래소리에 귀 기울인 그 순간을
즐거워하는 나는 행복한가.

어쩌다 텃밭에 나와 김을 매고 찬거리를
뽑고 다듬는 모습을 바라보며
말이라도 걸어볼까
때를 점치는
기다림의 순간

그러다가 그러다가
다듬은 야채를 끌어안고
대문 안으로 휭하니 들어서는 뒷모습에
무어라 부르고 싶은 충동을 느껴가는
나는 행복한가.

그런 생각을 하는 지금

순간이나마 아쉬운 마음에
미소를 흘리는 나를 느끼며
행복한 감흥에 젖고 있다

고맙다, 감사하다
내가 조그마한 행복을 잡고자
하고 있음에 행복해 하니
그런 지금이 참 좋은 것 같다

너를 생각하는 것만으로도
행복을 느껴간다
나가.

너는 아니

네가 날 사랑하는 것은
내가 잘난 탓이고
내가 널 사랑하는 것은
네가 예쁜 탓이고
너는 나 사랑하고
나는 너 사랑하고

좋아서 사랑한
그런 게 아니었니

왠지 모를 끌림이 있고
잘 살아 낼 것 같은
예감에 호감이 가
의지하며 기대도 될 것 같은
믿음 그 하나로
너와 나는 하나가 되었고

우리의 꿈과 이상을 키우기
위한 삶의 밭을 잘 다독이며

북을 듬뿍듬뿍 얹혀가니
우리 사는 모습이 스스로
행복임을 깨달아 자랑스러움으로
어쁘게 수 놓아 갈 때
굴러온 복을 잘 관리하면서
낟들처럼 그렇게 어우러져
살아 보자꾸나

좋아서 사랑했음을
너도 알고
나도 알고

우리 서로를 토닥여가며
그리 살아 가자꾸나

그리 살아보자
앙.

어떻게 사느냐고 묻는다면

그냥, 그냥
살아내는 나,
나라고 대답할 밖에

그렇게 또는 이렇게
그냥, 저냥

오늘에 감사하고
지금에 감사하며

세월을 낚으면서
늘 베푸는 마음으로 살려네 그려

문득 커피 맛이

살면서 가슴 아픈 일 다반사
담은 쓰라린데
다! 인생이란다
사랑이란
그 순수함에 이끌려
지금을 견딘다

사랑
그릇에다가 듬뿍 담아낼
그 따뜻함에
사람 사는 맛이 씹힌다

식은 커피맛이 날 달래던 날
오늘도 그 날이다
너도 식은 커피를 마시는지
더 달고 뒷 끝이 후련 타
너는?

고엽의 노래

바람에 쓸려 떠도는 갈잎
뜨건 청춘의 열정을 접고
삶의 여정을 멈춘 생이라
영원은 없다 그 말 때문에
자연이고자 자연이고자.

한 생을 불사른 욕망의 끝
잠시 멈춤 한 것이 아닌가
달콤했던 지난 세월의 꿈
다 이루진 못했다 하여도
더불어 열심히 산 내 인생.

이제 더불어 함께가야 할
못 가본 새로운 길 택한 터
두려움 속 희망을 꿈꾸며
서로를 격려 위로하면서
이상의 새 삶 찾기로 하자.

찬 서리 내리는데

어디로 가셨나요 어디로
그리움 남겨 아프게 하고
사라진 그대 나는 어쩌나
빛 좋은 사랑 살짝 남긴 채
단풍 진 숲속 헤매게 하니.

설마 했는데 맥없이 당해
전전긍긍한 현실의 아픔
잊히지 않아 마음 줄 놓은 체
어스름 골목 고요가 덮고
차가운 바람 몸짓 키우는.

행여 혹시가 역시로 끝나
그래도 미친 그리움 남아
창문의 눈길 귀 기울이며
낮은 목소리 들릴까 싶어
홀리는 저녁 바람만 차다.

가을에는 또,

벌써
떠난 너를
가을이
오면

또
그리움에
빼앗긴
널
생각한다

그래서, 아프다
가을은

아직도

관계

다음이 물이라면
닮고 투명해 거짓이 없어야

티 없는 마음 하나
부듯하도록 행복도 웃는다

서로가 믿음으로
마음을 나눌 만남은 곧 인연

달콤한 사탕처럼
흐뭇이 가득 즐기는 사는 맛

믿음과 신뢰까지 살아있으니
이 아니 좋을까

가을 햇살이 내리쬐는 창가에서

햇살이 이리 좋은 적이 있었던가
햇살 무늬가 이리 멋진 적이
있기는 했었던가
감탄이 절로 시심을 두드린다

그 감흥에 빠져드는 순간
아
좋다
참 좋다
신선한 바람의 온기가
까시럽게 피부를 스치는 맛을 느끼며
설레이고 떨림이 있는
지금의 감흥에 어찌할 바를
진즉에 알 수 있던 적이 있었던가

정말 감사하다
정말 내가 자랑스럽다
정말 내가 살아있다
오늘 이 찰나의 홀림 속에

난 자연의 섭리에
처음으로 감탄해 버리고 만다

가을이라는 계절의 절대감의
온기가 농작물의 식감을 올리고
스스로의 한 생을 아름다움으로
장식하고 있다

오늘 아침이다
가을 아침이다

나를 보란듯이 펼쳐보인다

산
그리고
들은

네가 그리운 날에

네가 그리운 날
그날엔
너만 생각이나
너만 보인다

세상에 숱한 상상들이
날 볼지라도

둥근달이 뜨던 날도
생각하는 일은 나이고
너만을 생각한다

보고자 하는 너인데

단지
이곳엔 나만 있고
그곳엔 너만 있다

세상엔

오로지
너와 나 둘밖에 없다

네가 그리운 날
그날은
너도나도 참
위대한 존재이다

너도
그런 생각이었으면
참
좋겠다

너 그리고 나의
존재에 관해.

풀꽃

당신이
너 참 예쁘다
말해주면
난 풀꽃이요

당신이
본체만체
외면하면 들풀이라

나
겸손의 노을처럼
행복하고 싶소

당신의
풀꽃으로.

낙엽이 떨어지던 날

다시 날
가슴 뛰게
만든 그 소리
바스락
또, 들린다
바스락

네 생각한다
네 생각난다

바스락

나
널
사랑한다.

너, 뭐 하러 사니

너 왜 사니 너
그럼
넌 왜 사는데
미친놈
너한테 물었잖아
저도 모르면서

그렇다
한순간 잠시
뜬금없이 스스로에 물은 적 있다
캐물은 적 있었다

무료함에 힘이 들어서
일이 잘 안 풀려
사는 게 힘들어
골목에 갇힌
참 어처구니없던 신세타령
살아있어서
살아낼 틈바구니를 찾을 때

용썼던 기억
그런 시절의 후유증을 견디어
예 서 있다
나

비록
낙엽처럼 때 되어 사라질지라도
살아온 세월에 감사할 수 있을

시절 인연을 펼쳐볼 찰나의
행복 미소는 기쁘게 지어 봐야
하지 않겠는가

나다웠다고
나다웠다고

자랑스럽게.

가을 햇살이 창가에 앉을 때

침묵이
숨거둔 추억
물컹이던
첫사랑

사랑에
빠져든 순간
미쳐버린
순애보

그때도
이맘때였다
펄펄 끓던
첫 키스.

너 때문이야

참 예쁘다는 단풍잎 하나가
청춘의 마음을 뒤흔든다

사랑을 주고 아픔도 주고
불편한 관계로
가을을 이리저리로 끌고 다니며
뻘겋게 불만 지른다

너는 여자, 나는 남자
서로 다른 생각으로 이간질한다

참 예쁘다는 이유 하나로
참 모질게 뜨겁다.

기다림

네가
가는 길이
내게
오는 길이라면

난
그냥
서 있을께

널
그리워하는 건
나

나뿐이니까.

단연코

꽃이라면
누가 뭐래도
우리 마누라의
웃음꽃

꽃망울
터지는 순간
방안 가득
그 향기 넘쳐

행복 또한
덮을 날 없을 테니

어쩌지 샘날 텐데
이웃들.

인생! 일장춘몽이라면

일장춘몽
일장춘몽
인생! 일장춘몽이라 되씹지마라

제 힘껏 살아놓고 제 명을 다할 때
회심의 한마디 할 수 있는 것을
살아가면서 뭘 안다고 세상을 탓하랴

인생! 일장춘몽이면
살아생전 더 사랑하고
더 배우고
더 노력하고
더 공부하고
더 사람 노릇하며 살아내야
너다움을 보일 수 있지 않겠는가

나답게 살고 싶으면
인간답게 살고 싶으면
나다움을 보이려면

인간 본연의 열정을 쏟아내
만물의 영장임을 모름지기
과시는 해봐야 되지 않겠는가
잡고자 하는 본능이 있다면
손에 쥐려 끝까지는 제 힘껏
최선을 다한 다음인 그때 어쩌고?를 얘기하라

그런 후에
비로소
듯한 것 다
이루지 못했음을
아쉬워하며
인생! 일장춘몽이라더니
되뇌이며
허허 웃을 수 있는
사람이었으면 좋겠다

이 또한
너 생각이다
배움은 죽을 때까지라는데
배우고 깨우침을 행하는 일이
우리네 인간일진대 무엇이든

하는데까지는 해야 하는
나이고 싶어 이런 얘길 한다

하하하
좋다
하하하

웃을 수 있어 더 좋다

난
아직
살아
있다

넌.

어쩌다 우리

어쩌다 우리 헤어져 있나
그리움 달고 살아갈 세월
네 눈엔 내가 내 눈엔 네가
오늘도 눈에 삼삼 그리워
나 혼자 어찌 살아가라고
너 혼자 그리 떠나갔는가
해 질 녘 지는 노을 보는 맘
찢어질 듯 그리워 그리워
이 노릇을 어찌 감당하지
어쩌다 우리 헤어져설랑.

사뭇 그리워 어쩜 좋으냐
어쩌다 우리 남남이 되어
빈 가슴 채우려 애쓰는 맘
시리고 아파 와 어쩌냐 나
너는 괜찮냐 묻고 싶지만
그 또한 미련인 거야라며
짓이겼던 꽁초 다시 문 체
허허실실 잔꾀 굴려봐도
감당치 못할 헛수고라니
아아 사랑은 너무 얄궂다.

10월의 그 어느 날

창밖엔
가을의 내음이 물씬 익어가고

당신만 있으면
차 한 잔으로도 행복한

오늘은 그런 날
세상 무엇이 더 필요할까
사랑이 있는데

당신과 눈 마주하며
함께한 지금을 사랑합니다

행복합니다
감사합니다
오늘은.

너 때문이야

참
예쁘다는 단풍잎 하나가
청춘의 마음을 뒤흔든다

사랑을 주고 아픔도 주고
불편한 관계로

가을을 이리저리로 끌고 다니며
뻘겋게 불만 지른다

너는 여자, 나는 남자

서로 다른 생각으로 이간질한다

참 예쁘다는 이유 하나로
참 모질게 뜨겁다.

소년이 된다

가을만 되면 너만 보고파
너만 그리워 가을이 오면
단풍 든 숲엔 너만 보이고
너를 그리며 숲길 걸으면
고운 너의 숨결 느끼어 와.

단풍이 들면 예쁜 숲속에
요정의 공주 숲길 거닐고
어린 왕자인 내가 따를 때
가을새 노래 너를 부르는
동화책 읽는 소년이 된다.

꿈속 헤매는 소년은 어디
소녀의 미소 너무 간절해
정자나무 뒤 장승처럼 서
새빨간 낙엽 만지작거리던
콩닥이는 가슴 숨 멎겠다.

어느 멋진 10월

잠깐
너를 생각하는 지금이
난 참 좋다

내 일상의 하루 중
제일 행복한 시간
지금이 날 살찌게 한다

창밖에 노을이 있고
커피가 손에 쥐어졌잖니

네 생각했다
그래 잠깐

찰나지만 쫄깃한
내 행복이다

그네

세상이 내 것인 것을 왜 진작에 몰랐을까
내가 세상을 볼라치면
세상이 눈 동그랗게 뜬 채
내게로 내게로 달려든다

가까워졌다가 멀어졌다가
시선이 온통 나에게 쏠려
이리 몰리고 저리 몰리며
나의 몸짓 하나에 생각도 정신을 잃고
헤매임이 눈에 들어찼다

세상을 탓할 일 아니다
언제나 세상은 날 주목해 지켜볼 따름이니까
또한 무엇을 강요할 어떤 구실을 갖고 있지도 않다
그저 지켜볼 뿐이다

세상이 나를 조종하는 것이 아니라
내가 세상을 조종할 일이다

그네를 타는 나를 보았다면
당신도 느끼며 고개를 끄덕여
수긍한다는 뜻을 내게 전했을 일 아닌가

그네를 차고 앞으로 나가듯
당당하게 세상 밖으로 나서라
그곳에 너의 꿈을 펼쳐라

그럴 때 세상은 너를 주목할 테니
너답게 맘껏 행동하라
그때 비로소 세상이 내 것인 것을 하고
너의 존재를 당연시 할 일이다

그래 보이지 않던가
가졌으면 지켜낼 줄도 배워야 한다
그것 또한 우리 삶이고 인생이다
인생 뒤돌아보지 말자

사랑을 줍다

낙엽을 줍는다
소녀가
무슨 의미일까

뜨거운 가슴 두근두근
얼굴이 화끈화끈

설레임과 떨림이 교차했을 일

사랑의 그리움을 느끼었는가
아마도

아주 예쁜 사랑을 꿈꾸나 보다
가을의.

인생이고자

제멋에 산다
내 인생아니던가
나 외엔 없다

내 삶이니까
나이길 원하니까
감사하면서

후회해도 나
참고 견딜 때도 나
언제나 나는 나

별수 있나 나
나 그냥, 살 수밖에
나는 나이니

가을비 내리던 날

가을비가 내리는 날에는
내 그리움들이
한 발짝 한 발짝 창가로 와
고개 쳐들고 반겨줄 거라는
기대감에 멈칫 서 기다린다

창문을 열어주면
우르르 몰려들 놈들을
내 어찌 감당하겠는가 하는
궁여지책으로
나도 책상에 엎드려서
한놈 한놈 낯짝을 기억해가며
선별해보지만
어느 놈 하나 불러들일 놈이 만만치가 않다

녀석들이 맞장뜨자고 덤빌 테니
이 노릇을 어찌하면 좋을까

곤한 생각에 난

잠이 들었고
지금도 꿈속에 숨었다

비는
가을비는
속이 상했는지
사뭇 창문을 두드리고 있다

하지만

난
난

외출 중이다

곱게 물든 단풍잎을
찾아 찾아서.

가을에게

가을아! 멋진 가을아
더 멋진 너로
나다움을 보여줄 수 있길 바란다
풍요와 인정 속에
부러울 것 없을 가을아

그럼에도 사람들이 너답기를
간절히 기원하며 기다리는
한가지 소원은 곱고 예쁘게
단풍들이는 일이란다
너다움을 보이기 위한 최고의
행위예술이 아닐까
가을아, 가을아

사슴 눈을 한 소녀의 간절한
바램이란다 알았지?

하얀 마음 파란 꿈

여전히 꽃잎 같고
여전히 꿈이 많은
여전한 당신에게
여전한 끝말잇기
여전히 내 하고픈 말
사랑해요 당신을
그 말만은 차마 하지 못했다
널 아끼는 마음에
어제도 여전히 꽃잎 같고
여전히 꿈이 많은
여전한 당신에게 난 그저
당연한 희망사항이다

지금의 내 인생이다 .

타오르는 가을의 초상

잊혀질 거라고 생각했던
뜨거웠던 사랑의 기억
네가 그 오솔길에 함께였다는

툭하고 낙엽 하나 떨어질 때
나무는 쉬는 일이요
인간은 생명의 한 획을
그렸다고 표현한다

어디까지가 삶이고
어디까지가 인생의 끝이란 말 하고픈가

때 되면 거두어지는 것이
자연의 이치 아니던가

불타오른 가슴의 호흡
멈추지 못한 너와 나의
격정의 순간은 찰나였다

간절히 원했던 본능의
진실된 행위라 칭하면서
머슥함이 없이 당연한 일
해냈다는 표정으로 스스럼없이
흐르지 않았던가

불타던 청춘은 흐르는
강물처럼 바다로 행했고
그러려니 한 세월이 어둠에
묻히어간 줄 알았는데
불현듯 솟구치어 커피를
들게한다
비 내리는 날이었다

잊히는 것이 아니고 더
또렷이 기억이 되어 그날을
추억하려 한다
가을날의 그리움으로.

가을 사진관에서

산기슭에 올라서서
파란 하늘 한 모금
크게 한 입으로 들이키고
두 어깨 쭈욱 펴면
내 청춘의 첫 가을 사진이
탄생하는 것이다
뒷배경에 단풍잎 가지가
새빨간 채 늘어진 채로
날 응원까지 해주었으니
손볼 데 없는 올 컷의 화보로
가을을 데려와 줄 것이다

물론 당신이 빠진 것이 흠이지만
당신에게 보내줄 것이니 더
특별한 당신만의 추억의 한 장짜리
사진이 아니겠는가

우리가 무엇을 하던
사랑하는 이를 의식하며 생활해 가듯

사랑이란 참 의미심장하다
인생이 그리고 삶 자체가 사랑에
의해 더 곧고 더 단단해지면서
사는 자체가 즐겁고 행복해지는
화색을 돌게 하지 않던가

사진도 촬영 당시의 찰나의 모습
자체가 아니던가
지금 자신의 심리상태가 고스란히
표현되기 때문이다

사진을 찍는다는 것에 익숙하지 못한
나로서는 늘 민폐를 끼치게 되어 주저한다
멋진 내 나이에 걸맞는 모습이었으면
얼마나 좋을까, 하는 미련을 늘 남긴다

어쩌랴 지금의 모습이 현실인데
그러기에 평소에 잘 가꾸고 더 세심한
자기관리에 충실할 걸 하고 후회를 한다
하지만 어쩌겠는가
살기 위해 몸부림친 결과이니
두슨 탓을 또 해야 변명밖에 더 되겠는가

지금의 내 모습이 지난한 과정의
내 인생이고 내 삶이었죠

그냥
자랑스럽게
지금을 인정하렵니다

수고했다고.

뜨겁던 가을

강렬한
너와의 사랑
강물처럼
흐른다.

비몽 이라니

언제나 거닐던 낯익은 거리
이런들 저런들 하던 하세월
고향마을 두루두루 살피며
즐겁고 행복한 시간을 접고
이제는 집으로 돌아갈 시간
어렴풋 기억되는 늘 걷던 길
그래도 미심쩍어 길 물으면
살갑게 안심토록 알려준다

막차 놓칠세라 조바심 생겨
서두른 발걸음 무디어지어
아무리 헤여내려 발버둥쳐도
발걸음 가볍게 재촉할 때에
골목길이 막히고 사다리를
올리거나 도저히 갈 수 없게 돼
나는야 집으로 갈 수가 없어
발동동치며 울고야 말았네

난 살아있다

허허 꿈이었다 꿈이었다는
다행인 한숨을 쓸어내리며
짓눌린 가위를 풀어내린다

꿈에서 깨었다
다행스럽게

휴 ———

가을 하늘이고 싶은 날

어느 날
문득 가을 하늘이 되었다
두어 점의 구름을 띄워놓고
찻잔을 들고 있는데
사람들이 올려보며 하는 말
아
좋다, 참 좋다.

가을하늘이라 너무 좋다며
퐁당퐁당 물들어 간다
모두가 파란 마음이 되어
순박한 사람들이 사는
천국이 되면 얼마나
평화롭고 아름다울까

우리 사는 세상이

하늘문을 열겠다고
똑 똑 똑

다급히 노크를 한다
소녀다

아
좋다, 참 좋다.

어쩌지 가을이라서
가을이라서
가을 하늘이라서

가슴이 설렌다
소녀도, 하늘도.

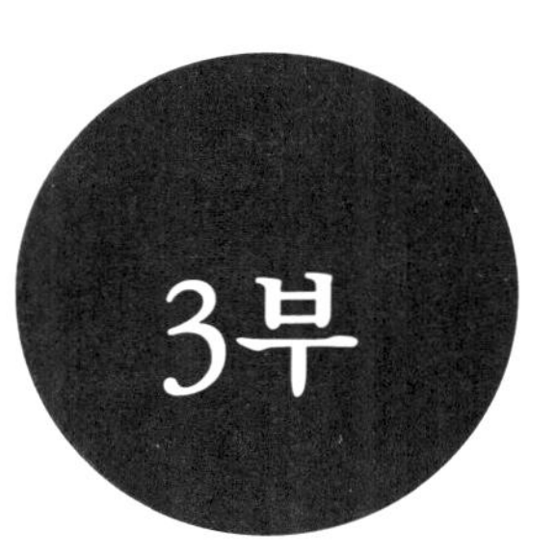

3부

오려나

기다리면 오지를 않고

9월의 기도

9월이 왔습니다
누구나 학수고대했을 가을이 아닙니까
달력 1장을 넘기거나 떼어냈을 뿐인데 9월입니다
백지 한 장 차이라더니 그토록 기다리며 염원한
9월이 드디어 얼굴을 보여줍니다
모두가 희망찬 마음으로 그를
환영하며 화색이 고운 웃음으로
반기었습니다
그만큼 하고 싶은 말이 많았음을
의미하기도 합니다
바램이 있다는 건 희망을 찾고자
함이 아닐까 생각합니다
여름내 힘들고 견디기가 벅찬
소소한 일들이 산재한 터라
어느 것부터 어떻게 처리해야 할
것인지가 참으로 막막합니다

기도합니다
지금껏 살아온 것도 이웃과

친구와 그리고 선배들의 격려
덕분에 부족함을 조금이나마
극복하면서 예까지는 순조로이
온 것 같습니다만 상황도 세월 따라
얄궂게 변화하여 새삼스레
자신에게 맞춰달라 재촉을 하니
그 또한 타당한 요구라고 생각은
하지만 지금의 내 능력으로는
감당하기가 벅찹니다

그래서 마음의 위안을 삼고자
기도로 대신할만한 가치를
찾고자 하렵니다

내가 살아갈 많지 않은 세월을
건강하게 지낼 수 있도록
생각과 마음이 하나가 되어
밝고 맑은 정신으로 이웃과 늘
안부를 주고 받기 위해 부지런히
걷고 또 걷기를 희망합니다

시골엔 젊은이는 없고 노인뿐이라

이런저런 정담을 나눌 사람이
없으니 답답한 이야기일지라도 오래
들어주며 맞장구를 칠 수 있는 내가
되도록 귓뜸해 주어 헤어질 때
감사한 마음을 나눌 수 있는 정의
고마움을 가슴에 품고 인사하는
사이가 되었으면 합니다

또 하나 시골엔 늘 손이 부족해
안타까울 때가 부지기수인 터라
잠깐이라도 손을 빌려주고 빌려
받을 수 있는 배려와 나눠 쓰는
긍정의 힘을 보여 서로가 살맛 나는
하루하루가 이어가길 간절히
바램해 보렵니다

기도합니다
얘기해본 3가지 정도만 지켜가도록
가끔 채근하여 주길 나의 믿음과
약속을 해봅니다
사랑마루에 앉아 들녘을 둘러보면
풍요로움만 보여 마음이 든든한

가을임을 실감합니다
아주 좋습니다 부자입니다
넉넉함이 넘칩니다
늘 이런 마음이고 싶습니다

지금 행복합니다
여러 이웃과 나누고 싶을 만큼
부유스러움을 들녘에 쌓아 갈 터이니
너무 감격에 겹습니다

가을에나 느껴보는 감흥을
어찌하지 못한 채 자랑하고
싶은 거만을 떨어 보는 내가 되어 봅니다

지금 최고의 행복을
느끼는 것 같습니다
행복합니다.

가을 사랑

뜨겁게
물들고 싶다
사랑하나
외로워

당신과
뜨겁고 싶다
오직 사랑
그 하나

뜨겁다
불붙은 마음
낙엽처럼
빨갛게.

가을은

가을은
참 멋지다

단풍이라는 두 글자로
산과 들을
황홀로 수 놓아
모든 이의 마음을
뜨겁게 물들여 놓고

자신도 취해 누었다

가을은 멋지다 참.

사랑이란

생사를
초월한 사랑
가슴 벅찬
로맨스

시간과
운명을 거스른
완벽함의
기다림

사랑은
원초적 본능
권리이자
선택이다.

울컥 향수

고향이 그리운 것은
엄마가 있기 때문이고

엄마가 그리운 것은
고향이 있기 때문이다

엄마를 생각하면
고향이 그립고
고향을 생각하면
엄마가 그립다
우리네 모두의
한결같은
마음이리라.

희수의 세월

자꾸만
마음이 쏠린다
그러려니 못하고

어쩌면
살아있음을
의식한 행위련가

고집이 세지는
어른의 치매기를 닮다니
사람 사는 일인 걸까

나
바스락 인다.

목적

한때
나는 꼭 필요한
사람이 되고 싶었다
하지만
됨됨이 부족한 걸 알고는
괜찮은 사람이 되고 싶었다
그 역시 쉽지가 않아서
없는 것보다는
있어서 필요한 사람이 되고 싶었다

이제는 남에게
불편을 주지 않는
그런 사람이 되고 싶다

ㅇ 제는.

단심

올곧은
마음 하나로
기다리는
간절함.

그리움 · 1

외롭다
외롭다느니
할수록 더 외롭다
그리워
그리워하면
더 그리워 미친다

그리움이다
가을 아닌가

사랑해라
사랑해라
가을이 주는
사탕발림이다

당신만을 위한.

그리움 · 2

또 다른
나의 그리움

단풍 속의
가을이다

그리고
또 너일 수밖에 없다

가을이기에
더 그립다

네가.

그리움 · 3

오늘도
소복이 쌓인
그대 사랑 맛보며
차 한잔 곁들입니다

창가에 번지는
노을을 보면서는
사랑을 읽어갑니다

나
지금
행복합니다

생각할수록
한없이.

그리움 · 4

감은 눈
예쁘다고
속삭여 주던
너의 입술

그 한 폭

지금 또
그립다.

그리움 · 5

그리움의
드 다른 표현

못 잊어
못 잊어

정말
못 잊어.

그리움 · 6

고향
마을에 가고 싶다
내
어릴 적
고향 마을에

그 시절의 고향이
자꾸자꾸
꿈속에 나타나
나를 부르니

9월이 오면
나도
가볼 거다
고향에.

그리움 · 7

외로울 땐
너를
찾는다

꼭
커피와
함께란다

너도
커피 마시니?

지금
나처럼.

그리움 · 8

그리움은 참 용하다
계절이 바뀔 때마다
잊지 않고
날 찾으니 말이다

가을이란
귀뚜라미 소리에
또 다가오는 너

그리움
항상
그 그리움이
그 그리움인데도
그리운
그리움이다.

그리움 · 9

가을이
귀뚜라미 울음 듣고
제 발로 걸어 온다

벌써
가을이냐며.

그리움 · 10

가끔은
아주 가끔은
네 생각을 잊는다
그리움에 지쳤나 싶다

아니면
가끔은
보고 싶은 투정인 걸까

아니면
많이 궁금한
너의 안부
그래
잘은 있는 거니

너.

그리움 · 11

그 사내 녀석
이 가을
다시 만날 수 있으려나
그대

온통 단풍으로
불타는 숲속 길을
홀로 거니는 여인
또 바람이 났다
그 녀석이 보고 싶어
디치어간다

나쁜 남자, 상남자
가을 사내 녀석
참 멋지다.

그리움 · 12

바람이 불면 구름 흐르고
구름 흐르니 마음도 흘러
너 있는 그곳 너무 그리워
먼 산을 보며 눈물 흘리네
구름을 타고 저 산 넘을까
간절한 마음 어쩌지 못해
기러기 따라 노래 부른다

구름을 타고 저 산 넘을까
너를 만나서 사랑 나누며
행복한 너를 보듬고 싶어
간절한 마음 어쩌지 못해
기러기 따라 노래 부른다.

그리움 · 13

너, 혹시
내 생각했니
네가, 자꾸
그립다.

그리움 · 14

참 많이
생각한 터다
네가 있어
나도 있다

사랑은
존재하기에
가을도
단풍이 드나 보다

들녘을 보아도
숲속을 보아도

흰 구름 동동 띄운
파란 하늘 한번 올려다 봐야
비로소 흐트러진 외 마음이
진정되는 듯한 오후

무언가

쓸쓸함이
자꾸만 켕기는
마음 한 줌
그 한 줌이
널
애타게 사뭇
부른다

그리움이다 .

그리움만으로 이루어질 수 있는 사랑이었으면 좋겠다

그리워 그리워하면서
만날 수 있었던 호시절 이 그리운 날
너는 어느 곳을 거닐며 기다림을
향한 인연의 기회를 수소문 중이려나
어찌하면 쉬운 인연을 만날 수도
어찌 보면 퍽이나 힘든 여정의
인연을 만날 수도 있으리라

너와 나의 인연 또한 만만찮은
우여곡절이 탐닉한 멋스런
스침의 장은 아니었을까 하는
그리움의 맛이 정겹게도 잘
버무려져서 더 맛깔난 데이트로
이어졌던 것은 아닐까
하는 생각을
가끔은 해본단다

인생의 여정에서 사랑보다 더 큰 일이 있을까

온전한 사랑이 오고 갈 때
사랑 또한 온전한 사랑을 위해
아낌없는 감사와 행복을 위해
오롯이 진실된 사랑을
표현하고 받아줄 것이다

사랑은
사랑은
소중하고 고귀한 행위라서
서로의 의지와 신념에
흔들림이 없는 곧은 심지가 필요하다

기왕에 하는 사랑이라면
먼 후일에 잠깐 떠올리기만 해도
자랑스럽고 행복에 겨울 만한
사랑을 해야 할 것이며
좀 부족한 사랑이었을망정
후회할 사랑은 애시당초 시작을 말 일이다

되돌아보면 늘 아쉬운 것이 늘
사랑이기도 하지만 사랑한 그 자체로
몸과 마음을 충전하며 내일을 향해

한 발 더 내딛는 삶을 살기 위한
밑거름은 충분히 된다는 생각을
우리 모두는 할 것이다

행복합시다
행복합시다

당신과 함께하는 사랑이 있어
살맛 나는 인생이기에 또 한 번
다짐의 계기가 되길 희망합니다

함께 하자구요
가을이잖아요

그리움으로 점철된 당신과의 사랑이
이루어지길 고대합니다
가을비가 내리던 날.

물망초

잊지 말아요 잊지 말라고
당부한 그 말 잊지 않으려
마음에 담고 기억했건만
서월이 흘러 함께 흘렀나
어느 날 문득 아차 싶었네.

단풍잎 곱게 새 단장할 때
우리 처음 만났던 찻집에
발소리 하나 사람도 하나
귀 기울인 채 맞춰보려니
당신도 나도 설레게 될걸.

세월이 보듬어 놓은 자화상
더 성숙한 우리 둘 모습에
눈의 시선이 우릴 향하는
선망의 눈초리 어찌할까
찻잔 속에 사랑 더 끓겠다.

술래의 시절 인연

어디서 나를 데려 왔는가
광천 쪽 다리 밑이었는가
아니면 뉘 집 대문 앞인가
누구도 말해 주지 않는데
삼신할미도 입 열지 않네.

하, 설화처럼 태어난 인생
살아보려 무던히 애썼던
유년 시절의 당미마을엔
이상의 꿈 함께 펼쳐가는
개구쟁이 또래들 있었다.

서로를 응원 그 꿈을 향해
밀고 당기며 살아온 세월
이제 당당히 어깨 겨루며
사회에 공헌 이름 내걸고
이웃을 위한 길을 걷는다.

선언 4

평생을
너로 인하여
사람답게
사는 나

난
오직
너밖에 없다

사랑한다
너를.

어찌하리오 소녀의 이 미소를

보기만 하시요
그리움 아닌가
너무나 소중한

그래도
더 보시요
마음에 담기도록

이 맑은 미소를
앙증스레 한
그 느낌
그 표현.

좌선에 들면서

나는 나요
대단한 거요
내가

내가 없는데
세상이
있을 수 있나요

나
그런
사람이에요

천하를
내려보는.

구름이 흘러 저 산 넘으면

구름이 흘러 저 산 넘으면
그리운 임을 볼 수 있을까
흐르는 구름 바라만 보네
구름이 흘러 저 산 넘으면
구름 떠난 뒤 나만 서 있네
나만 혼자서 어찌하리오
이미 따라간 내 맘 어쩌지
비바람 불고 달은 지는데

그리움 혼자 떠나간 자리
나만 혼자서 그리움 찾아
어서 오라고 소릴 질러도
비바람 소리에 듣질 못해
혼자 외로이 눈물 흘리네
구름이 흘러 저 산 넘으면
그리운 임을 만날 줄 알고
이미 떠나간 내 맘 어쩌지.

세상사

오려나 기다리면 오지를 않고
때가 됐나 싶으면 지나쳐가는
나와 맞지 않는 시간표
버스의 자기 행보

읍내로 내달리는 차속에
마음은 실리고
휑하니 제자리 선 몸은 속만 태운다

그만큼을 걸어야 할 빼앗긴 시간
아쉽다— 또,

언제쯤 내게 다가올까
기다리는 너의 사랑처럼
뜨 나는이다.

친구야 뭐하니

어디서 무엇이 되어
어떤 모습 보일까
만나면 반가움에 얼싸안은 채
서로를 인정해 토닥여 줄 위로의 시간
지금의 너와 나를
만끽할 그 잠깐의 시선 속에
우리 잘 컸네
할 수 있었으면 좋겠다
참 좋겠다
함께 너로 인하여 해낼 수 있었다는
그 말을 고명으로 얹어주면서

지난 시절을 가래질하며
술잔을 들자꾸나
친구야.

물망초

날
잊으면 안된다고
나직한 목소리로
그리움의 씨앗
한 줌 속삭이고 간
너

너
뜨겁게 다짐해 놓은
순수한 감성의 씨앗
틔워 낼 심산이라
못 잊게 한다 아직도,
날.

9월의 약속

9월이 찾아왔습니다
기다리긴 했지만
제 발로 걸어올 줄은 몰랐습니다
미연의 약속이었기에 스스로
때를 알았나 봅니다
어쩌면 자연적인 무언의 약속을
지킨 일이기도 합니다
절기의 순환에 따른 순리이겠지요
어쨌거나 가을로 들어서는
9월은 우리 곁에 와 있습니다

지난여름은 생각하기 싫을 만큼
너무 힘들고 사람을 지치게 한
폭우와 폭염으로 삶 자체가
불편스러운 나날이었잖습니까

말마따나 그 또한 지나갈 터이고
새로운 기대감으로 만회할
살맛 나는 9월이기를 바라면서

기댈 수밖에 없는 현실에 직면한
이즈음에 스스로를 위한 작은
소망을 얘기하려 합니다

세월이 갈수록 집요하게 강요되는
삶에 대한 애착이 커짐으로
그에 반한 실망 또한 커지는 게
당연지사인 것 같습니다

하여,
다음가짐을 조금은 수정해야 할 것 같습니다
좀 부족한 듯한 상황에서 만족을 느껴보는
정신적인 여유를 갖고자 하려 합니다
욕심이란 한도 끝도 없이
바라기만 하는 습관이 농후하지만
받아주지 않으면 지도 어쩔 수 없이
수긍할 수밖에 별도리가 있을 수가 있겠습니까

지금의 형편에 이 정도의 내가
살아갈 수 있음도 감지덕지라고
자주 체면을 걸어주는 일이지요
그리하면서 스스로를 아껴주는

고단수의 방법을 쓰려합니다
현실의 행복은
생각하기 나름이라는 말이 있듯
감안 해 살아가기로 마음을 다잡고
생각대로 하, 낮추기로 했습니다

행복의 조건은 자신이 결정한다는
말을 주워들었는데 맞는 것 같습니다
내가 행복하다 하면 행복 아닙니까

행복입니다

차 한잔을 마시는 것도
친구와 술 한잔하는 것도
노을 지는 창가에 앉아 커피를
마시며 첫사랑을 그리워하는 것도 행복 아닙니까
삶은 마음 먹기 나름인 것 같습니다

물론, 능력의 한계입니다
그래서 9월도 찾아왔고
소소한 것들에 감사하며
행복을 느끼려 합니다

9월 1일인 오늘부터
그리하기로 약속을 하렵니다
아니, 합니다 !!

약속해요
우리.

2025년 9월 1일 월요일에 술래.

너는 나를 나는 너를

상사화

당신이 당신이
보고파서

참
많이 외로웠오
참
많이 그리웠오
참
많이 기다렸오
참
많이 슬퍼했오

참 많이.

노년의 앨범

스쳤던 모든 인연이
하나같이 그리움

내 손을 토닥여 가며
호들갑을 떨지만

찾아온
그리움 모두
또렷또렷 정겹다.

이제는
그들과 함께
시절 여행하련다.

아 가을이다

얼마나 기다렸던가
얼마나 참아왔던가
얼마나 마음 아팠나

폭우와 폭염으로 받은 상처가
아물 여유조차도 상실된 채
이 또한 지나가리라 만
되뇌며 숨죽이고 산 숱한 나날

'기다림의 끝은 있다'라고
말하지 않았던가

정말 다가오고는 있는 것인가
사람들의 입에서 오르내리는
가을의 소리인 귀뚜라미 소리가 들리고
가을이 오고 있다는
반신반의한 느낌과
소리의 징후는 분명히 있다

벼가 패기 시작했고 대추가 익어가는
집 주위의 풍경이 우리의 마음을
다소나마 누그러뜨리지 않았는가

저기 보이지 않는가
저기 다가오고 있지 않은가
바람의 느낌이 달라졌고
새벽에 내린 이슬의 양이
짙고 많아졌음을 보았다

때가 된 것이다
때가 온 것이다

아, 이 느낌
아, 이 소리
아, 이 감성

이 모두를 만족하고 싶다

아 좋다
생각과 상상만으로도
행복이고 가슴 벅차다

내 것이 되기에
더 기대가 되고
기다려지는 지금이다

아!
아!
아!

그냥 좋다
무엇이 더 필요할까

없다
없다.

사랑이란

그냥
좋은 것

함께라서
더 좋은 것

너는 나를
나는 너를

그냥
좋아하는 것

미치게.

강언덕에 누워

강물은 흘러 바다로 가고
구름도 흘러 저 산을 넘고
세월이 흘러 계절 바꿔도
우리네 찾는 삶의 행복은
바늘귀 꿰듯 힘드네 그려.

흐르는 세월 잡을 수 없어
쫓고 쫓아가 잡으려 하면
어느새 한발 앞선 언덕에
혀 낼름 약 올리는 뺀질이
멱살잡이 못 한 내가 바보.

흐르는 것은 흐르게 두고
지금 해야 할 내 일에 충실
자식들 배 따습게 잘 클 때
자연의 순리 온전한 가정
굴러온 복 맘껏 누릴 거요.

어찌하리오

어찌하리오 정말 어쩌지
잘해보려 노력을 했는데
일이 틀어져 허사가 되어
이러지도 저러지도 못해
가슴은 메어지고 속 타니.

꽃길이 있어 행복 아니라
꽃길 걸어야 행복 아닐까
우리 살아가는 일 힘들 때
격려도 힘에 겨워 놓치니
이 일을 어찌하리오 어찌.

투덧혀 겪는 행복 더 좋듯
힘들고 배곯은 지난날이
당시는 부끄럽고 서글퍼
눈물 뺐으나 그리운 지금
옛 시절 운운하며 즐긴다.

당신은 나의 거울

당신이 웃을 때
따라 웃고
당신이 슬플 때
함께
슬퍼한 세월

거울 속의 당신
그리고 내가

행복을 가꿔가는
삶이었고
인생이었다

지금까지도.

스침의 연

그렇게
웃지 말아요
욕심나요
당신이.

삶이 힘들다

힘들었다
가진 것이 없어서
남보다 나은
힘도, 머리도, 능력도
하다못해 재능까지도
나에게 도움 될만한
어느 것 하나
제대로 갖춰진 것을 아직
발견도 느껴보지도 못했다

모두가 나보다 한 수 위인
또래들이 지켜보는 것 같아
위축되어 산 삶이었다

하여,
늘 더 열심히 살아야 한다는
마음 하나는 갖고 살았다

하지만 나는 나여야만 하는데

지금껏 나다움을 표현해 본 적이 없다
여전히 부족하다는 자신을
발견하는 일이 생의 전부다

힘들다 지금도
무엇하나 마음 먹은대로
행할 수 있는 상황이 못 된다

창밖엔 예고한 대로 장마비가
작심한 듯 퍼붓고 있다
준비했던 만큼을 쏟아붓고 있다
천둥까지 치며 엄포스럽게

또 당하고 있다
속수무책이다.

비밀

내가 인생을 데리고 사나
인생이 나를 데리고 사나
구비구비 살아온 내 인생
이제서야 지는 해 바라보며
날 데리고 산 운명을 본다.

연민의 흐름

왜 할까 왜 할까 반문하며
살아보는 게 인생이던가
어쩌다 던진 삶의 길머리
그 길을 위한 주문 외우며
살아가는 인생의 길머리.

택해야 할 이유 분명할 때
최선 다할 충분한 면 설 터
오늘도 그 하나 실천하며
마음을 두둔 충만한 용기
가슴에 담고 꿈을 키운다.

왜 살까 왜 살까 찾은 명분
살아있으니 살아야 하는
뚜렷한 생명의 본능이 니
건강할 때 건강 챙기듯이
성각의 품위 가꿔야 할 듯.

그리고 또 그래

꽃이 핀다고 꽃이 진다고
바람은 내게 말해주는데
나는 고개만 끄덕여 줬네
또 세월이 가는가 싶어서
흐르는 구름 바라만 보고
실없는 웃음 던져가면서
오늘 하루도 잃고 사는 나
내일은 또 내일을 살자며
그늘진 얼굴 가리고 잠시
생각은 또 생각을 잇는다.

쪽지 그리움

참, 짓궂다
비 내리는 날엔
어김없이 그녀를 소환하여
내 눈 속에 가두어
날 그때로 데려간다

'생각하면 그때가 행복했다'라는
말을 듣고 싶어

날 곤란하게 해
커피 대신에 술잔을 들게 하려나 보다

빗방울이 심통이다
그녀의 마음도 아프게.

사랑 그 아름다움

알 수 없는
이끌림의 호감이려나
그 누구도 말릴 수 없는
야릇한 신비의 본능이
사랑이라는 이름으로
그녀를 보듬어 품는다
아니, 품은 채
놓을 줄을 모른다.

정다운 그 입술
정다운 그 눈동자
정다운 그 손길
정다운 그 말씨

나에게만 더 정다웠을
살가움의 야릇한 정
기다림의 사랑 예술이
나를 눈멀게 하는 구나

촉촉한 이슬이 맺힌 눈가에
영롱한 빛이 마음을 뜨겁게 적시였던
긴 여름이 상처를 남긴 채
단풍이라는 또 하나의 꽃으로
황홀을 탐하리라

당신도
기다렸듯이.

인생이란

굴곡진 인생을 살아본 사람들은 안다
삶이 결코 호락호락하지 않다는 것을
지금을 무탈하게 지내는 삶이
엄청난 행복이란 것을

눈물 젖은 빵을 먹어보지 못한 사람이
어찌, 인생을 논할 수 있겠는가
아니, 그런가

고독을 씹어본 사람만이 참 인생의 가치를
이야기할 자격이 있는 것은 아닐까 싶다
하여,
인생을 함부로 재단하여 이야기하지는 말 일이다

칭찬과 격려는 꼭 필요한 훈수의 값이다
인생이란 그렇더라.

내 삶의 의미

으리가 살아가는
므든 순간이
알고 보면 찰나

그러하니
살고 있는 이 순간도
내 삶이다

하나둘 셋
찰칵

이 또한
행복이었으면 좋겠다.

그립던 그 고향

고향은 내 마음의 손거울이다
언제든 그릇된 생각을 고칠 수 있고
예쁘게 화장할 수 있잖은가

달님의 맑은 얼굴을 바라보며
더 더 인성을 올곧게 고쳐
사람다움으로 거듭날 수 있도록
고향은 부모님 같은 인자함이 있다

오늘따라 달빛이 곱고 아름답구나
우리 어머니 쪽진 머리를 보았거나
주무시는 모습을 뉘 몰래 엿보았나 봐

건강한 몸으로
아들은 군 복무 잘하고 있다는
내 안부는 전해 드렸는지

중천에 뜬 달을 보면
왜 그리 고향이 그리웠던지요

어머니를
그리워했던
다음 때문은 아니었을까요?

그 당시는.

장마철 소회

빗소리에 놀라 창문을 바라보니
목을 길게 늘인 청개구리가
뒷발에 온 힘을 다 받치고 섰다
천둥 번개에 놀라
피신해 온 모양이다.
어쩌란 말인가

창밖엔 장대비가 서슬 퍼렇게
풀꽃들의 어깨를 내리쳐대는데
짜식이 하필 내 눈과 마주쳤으니
안됐다 싶어 손을 내밀려 창문을 여는 순간
망설임 없이 펄쩍 뛰어 사라져 버렸다

투신자살은 아닐지라도
또 헤매일 걸 생각하니
하 미안하고 난망하다

내일은 또 어느 풀잎 위에서
귀한 생수

참이슬 한 모금 마실려나

쬐끄만
저
청개구리 .

들꽃처럼

당차다
정말 당차다
삶의 욕망이
너를 싹트게 하였구나
무엇이든
한 번뿐인 생
어디인들 누가
탓하랴

너의 고집스런
집념에
너를 칭찬하고
너를 이웃하려
말을 붙이거나
말을 들어주지 않던가

나를 돌아본다
그럴 용기는 가졌던가
현실에 적응하려

느력은 해 봤던가

더찌 보면
탓하며 살지는 않았던가

자신이 초라해지고
부끄럽기만하다

나로서
당당하게 살고프다

현실에
최선을 다하는 삶
그 삶을 살으련다
저 들꽃처럼.

당신의 눈

보고 또 봐도 보고 싶은 욕망
당신의 마음을 써 내리는
표현을 바로바로 읽을 수 있는
판독 가능한 자판이잖소
이슬방울처럼 영롱하고
투명한 당신의 마음
아! 이대로 당신의 눈에
텅범 텀벙 빠져들고 싶어라

나 오늘 당신의 생각과 느낌을
바로 이해할 수가 있을 테니
봐도 또 보고 싶은 기억 오롯이 간직하기를
마음속에 음각하렵니다
오래오래 지킬 수 있도록
마음에 기록하렵니다
아! 그런데도 또 보고 싶은 당신의 눈.

고향

고향은
나를 돌아보는 거울이다
우리 집 안방의 아랫목 같은
포근함의 엄마 품이다

생각할수록 더 젖어든다
아련토록 고향을 생각하면
엄마가 그립고
엄마를 생각하면
고향이 떠오른다

살붙이같이
엄마! 하고 부르면 대답한다.
고향은!

나에게도

세월이 가면
당신은 떠나가고
나는 기억하는 사랑

그런 설화
남들의 얘기일 것이라 생각했는데

나이 들면서
나에게도 그런 사랑이
있었음을 추억한다

사랑하리
영원히 사랑하리라

맹세코
그 영혼까지를 지키겠다던
황홀한 지경의 순간에
그때가 그리워
기어코 눈물이 흐른다

세월이 흐름을
내가 나이 들음을
인정하게 된 지금에서야

산다는 것은
인생이란 것은 하면서
묻혔던 감성이 되살아나는가

여려진 마음에 회상의
시절 인연을 떠올리어
'그렇구나'를 생각하니
쓸쓸해진다.
당신이 그랬던 것처럼
나 또한 그렇다.

그래! 나 또한!

알겠더라

무엇을 갖고자 하였던가
무엇을 얻고자 하였던가
더, 더를 갈망하며
허리띠 졸라매는 힘든
삶의 길을 마다치 않았던
살이가 아니었던가

하지만 살아보니 알겠더라
나의 삶이 힘들면
남도 삶이 힘들며
나의 삶이 즐겁다면
남도 또한 즐거운 삶을
살아간다는 것을

그렇더라 우리네 인생이

멀리서 바라볼 때
행복해 보이던 집도
엿보면 우리네처럼

아웅다웅 산다는 것

흔한 말로
사람 사는 일
거기서 거기라는 얘기

살아보니 그렇더라.

아직도 그곳엔

아직도
기다리는 그리움의 덫
낙엽 밟고선 의자 하나가

추억은 기억하며 다시 올 테고
그곳엔 너도 있고 나도 있다

그날처럼 단풍 들어 곱다고
어서 오라는 그리움이
아직도
그곳에는 있다.

여름밤

드레박
타고 내려온
선녀를 꿈꾸다가
벌떡 깨어보니

창문은 닫혀 있다

아이구야!
창문을 열고 잘걸

아쉽다
꿈을 깨서.

날갯짓

누구나
꿈, 한 조각
품고 살면서
꿈 캐는 삶 산다

나 또한
그랬다

너는?

무슨 의미일까

이 또한
지나가리라
누구를 위한
위안인가
격려던가

곰곰이 생각해 본다

참 아이러니다
누구를 위한 덕담인가

역지사지 아닌가 ?
그 말 할 줄 알았다
너 참, 이럴 수가
그 또한
지나가리라.

어쩌란 말인가

당하면
당한 자만
억울한 신세
특히, 자연재해

땅 치고
통곡하며
하소연한 들
마음 아픈 건 '나'

폭염과 폭우라니
감당치 못할
하늘의 뜻인걸

원망할
이 노릇을
천재지변을
어쩌란 말인가

그날

달의 미소를 보면서 느낀
어릴 적 순수의 감성 영혼
이제는 날개 달고 날아서
그리움 찾는 여행을 하여
인생의 멋과 맛을 배웠다.

순수의 감성 영혼까지를
날개 달아 어디론가 가려
두 눈을 감고 길을 나서면
꿈이 날개 펴고 훨훨 떠났다
나 이대로 남겨 놓은 채로.

아름다운 시절

어릴 적 꿈이 무엇이었나
무엇을 얻고자 꿈이었나
돌이켜 보면 철없던 꿈들
호뚜기 불며 강변 거닐 때
마음 빼앗긴 호기심 노을.

물비늘 반짝 윤슬 꾀임에
순간 하염없이 지켜갈 때
단발머리 소녀 버들잎 따
강물에 살짝 띄워놓고서
까르르 수줍게 미소 짓던.

그 소녀 지금 무엇을 할까
수줍음이 얼굴 가득 씌어
말 걸면 달아날까 걱정돼
조심스레 지켜보던 낭만
이맘때면 행여 또 올까나.

시절 인연

당신은 나를 사랑했나요
나는 당신을 사랑했지요
오로지 당신 생각뿐이라
어느 누구도 내 마음속에
똬리 틀어 앉지 못했지요.

첫사랑의 뭉클했던 가슴
연민은 지금껏 설레지만
또 다른 인생의 삶 살려니
애써, 어느 날 추억하노라
숱한 눈 아림의 긴 기다림.

본색

이미
그대의 눈에는 내가 들어 있고
나의 마음은
당신을 끌어안고 말았습니다

두 눈이
이글거리는 것으로 보아
당신과 나는 벌써 사랑에 빠졌습니다

당신도 나도
마음이 시키는 대로
이끌리고 있지 않습니까

사랑합니다
사랑합니다
입안에서 소리칩니다

몸과 마음이 오골거림으로
치 다름에도 개의치 않고

오로지 사랑에만 충실합니다

아무런 말 하지 마세요
아무런 말 하지 마세요

사랑하고 있잖아요
사랑하고 있음을
지금은 느끼기만 합시다

서로의 눈을 바라보며
서로의 마음을 읽읍시다

지금은
사랑의 시간입니다.

길

어디쯤 가면
만날 수 있을까
어디쯤에서 기다리려나

인생도 삶도 사랑도

허구헌날
그리움으로 날 꼬신다

얼마나 더
걷고 또 걸어가야
널 만나려나

이제 겨우
골목길을 돌아선 나의
등짐이 힘겹다

하지만
가야만 한다.

그저 가야만 한다.

내 인생이니
나를 이끌어

몸과 마음이 허락하는 한
가야한다.

오늘도
너일도
그길을.

5부

그리고 나를 인정한다는 것

어쩌다 우리

당신이 있어 빛나는 이곳
돌아보지마 떠나가면서
돌아보지마 내 마음 아파
넌 나 좋아해 난 너 좋아해
그런 시절도 가져었건만.

너는 떠나고 나는 혼자서
너를 그리며 살아야 하나
너를 그리면 눈물이 나고
너를 그리면 슬픔에 젖어
내 삶이 홀로 외로움이 리.

어쩌다 우리 이리됐을까
어쩌다 우리 헤어졌을까
우리 정말로 좋아했는데
우리 서로가 사랑했는데
이제 우리는 남남이라네.
놀랍지도 않은 사랑은
운명처럼 다가와서는

운명을 만든다

때로는
시험이듯 떠보는 일에
알면서 당하고

그렇게 살아지는
우리네 삶을 인생이라 하지

모른 척
살다가도
문득 주는 정
아쉽지 않단다.

행복

네가 웃으면
나도 웃는다

좋아서
좋아서

너는
나를 보면 웃는다
나는
너를 보면 웃는다

좋아서.

노후의 인생

나이가
들어간다는 건
내가 누구인지와
무엇을 할 것인지를
깨닫게 된다는 것

세상 돌아가는 이치를
긍정적으로 보려 애쓰는 점과
감사할 줄 알고 베풀려 하고
배려할 줄 안다는 것

그리고 나를 인정한다는 것
나이 든 지금을,

풀꽃

당신이 마주 보아야
비로소
나는 꽃이다

당신이 불러주는
그 이름 풀꽃으로
당신을 반기지만

당신이 외면하면
난
단지
들풀이다.

생각은 늘

마음은
어디에서
무엇을 하던
늘 청춘이다

힘들고
고뇌에 차
괴로울 때
더 야심 차게

아직은
청춘인데를 되뇌며 산다
마음은

나이 들면서
더 그렇다.

생각이 말했다

지금 아니면
언제 또 너에게 말할 수 있을까
그 말에 그렇다 싶어
말해야 할 용기와
배짱 세워 말한다

사랑한다
정말 사랑한다 말은 했지만
지금 나
많이 떨린다

하지만 속은 시원하다
그래, 후련하다

이제서야 온전한 봄이
언덕 위에 피어나고 휘늘어졌잖니,
사랑도
너를 향해.

오늘, 그하루

내가
내가, 살고 싶은 하루가
오늘이라면
그것은
오로지 네가 있기 때문이란 걸
너도 눈치챘으려나

그래
오늘은 네가 있어
기쁨이란 울타리 속에 오롯이 깜량껏
도톰한 행복을 맛보았다.

내가
살고 싶었던 하루가
오늘이었다

그렇다
감사하게도.

봄은

봄은 소란스럽지 않다
뉘 볼까 싶어
조심스레 다가선다

마치
너의 미소가
나의 마음을 어루만지듯
정겹게 날 부르고 있다

언제 왔을까
빽허그를 하며
날 놀래놓던 너처럼

봄은
소리소문없이
우리 곁을 맴돌아 온다

해마다.

봄 봄봄

새싹이 움트는 봄이네요
어루어주고 안아주세요
그리고
간지럼을 볼에 쳐 주세요

아마,
기쁨에 겨워 어찌할 바 몰라
까무러칠 거예요.

갓, 태어난 아가들이라서
꺄르르 꺄르르
좋아 죽는다고 뒹굴거리다
행복한 눈물 흘릴지도요

예뻐해 주세요

봄
봄이잖아요.

소확행

봉지 커피를 타면서도
네 생각을 하는구나
아, 좋다
이 순간이

내가 무엇을 하던
때와 장소를 가리지 않고
그저
너를 생각하고 있음에
가끔은 실소를 짓기도 하지만
그런 내가 싫지가 않다

그냥, 좋기만 한 나의 행동이
밉지가 않고 오히려
살맛 나는 나로 거듭나는
현실이 도리어 날 행복으로
이끄는구나

지금처럼

참,
좋게

지금의
이 서툰 사랑이 행복이고
무던히 애써 보는 것만으로도
먼 훗날에는
더 감칠맛 나는 기쁨이며
추억으로 소중한 행복의
밑거름이 될 것이다

하고 싶은 일
미루지 말고 바로 하는 것이
미련을 남기지 않을 것이다
지금
바로
해라

먼 훗날
후회하지 않으려면,,,

어느 봄날 문득

내 그리움 속에는
살면서 못 이룬 사랑과
아픔, 슬픔, 미련
속상했던 시절의 후회와
아쉬움이 있다

그 한 줌의 응어리
못내 버리지 못한 고뇌 때문에

봄이 오는 들녘을 향해
나는 또 그리움을 좇아
내어 달리고 있다

보상받고 싶은
욕망의 심리랄까

오는 봄 다시 맞으려.

촛불이 이르는 말

사랑은
표현할수록
기쁨이고
행복이다.

기억의 저편

얼마나 눈치가 센지
맹숭히 떠돌다가도
바람처럼 내 가슴을
홀연히 들어섰다 나간다

참, 얄궂다
저를 기억은 하는지
날 간 보려고 떠보는 짓한다

오늘같이
비 내리는 날엔 더 치댄다

날, 잊었냐고
잊은 건 아니냐고
굳이 창밖을 거닐어 날
압박하는가 싶다

그리움이다.

장미

도도한
장미의 성깔
휘잡을 자 누굴까

누군가는 꺾을까

지금이기에
잠시라도 이런 생각을
할 수 있는 현실의
나를 생각한다

꺾을 수 있을 때
꺾을 걸, 하는
때늦은
생각뿐이다

지금.

침묵의 조언

살면서
아쉬움은
누구나 갖는
~할걸(?) 했던 마음

놓쳐버린
기회의 포착
하지만
행하지 못한 그 후회

늘
스며든다 아리게

때늦은 행복의
깨우침이다

늘.

수선화

아직도 난, 모른다
너의 침묵을
그냥, 바라볼 뿐

더문을 열면
슬며시 옷깃 여미어가는 조신함에
방에 들어와서도
신경 쓰여지는 조바심의 이유다

자꾸 마음이 쏠린다
너에게로

말도 못 한 채
만 가지 생각만 할 뿐이다

새봄에 찾아온 너이기에
더 그렇구나
너는 수선화.

당신은

당신은
향이 좋은
차 한 잔일까

닫혔던
가슴을 열어주는
행복
환희
희망까지를

한 모금으로도
족한 만족을 주니

파랑새요
당신은.

알고 보면

'세월이 약이라는 말'
결국은
스스로 위안 삼는 말

그렇게 살아온 세월
지금껏이고
또 그렇게
살아갈 것 같다
너 인생이

생색내기다

나를 위한
세월의.

창밖엔 비가 내리고

비가 내리면 네가 그립고
네가 그리워 창밖을 보면
비가 거닌다 추억 속으로
어디로 가야 너를 만날까
너 없는 길을 찾아 헤맨다.

이리 갔을까 저리 갔을까
숲속을 지나 저 산 너머로
말없이 떠난 궁금한 너를
오늘도 찾아 떠도는 마음
사랑했나 봐 잊지 못함은.

혹시나 올까 창밖을 보니
눈 속에 선한 너의 얼굴이
자꾸만 나를 부르는듯해
사랑했잖아 우리 서로가
그 말 떠올라 고이는 슬픔.

하얀 마음 파란 꿈

여전히 꽃잎 같고
여전히 꿈이 많은
여전한 당신에게
여전한 끝말잇기

여전히
내 하고픈 말
사랑해요 당신을
그 말만은
여전한
숙제로 남아 있다

내 인생이다

당연한
당연할.

너에게

좋은데
어쩌란 말인가
더 필요한 말이 있나

뭐, 사랑
사랑이라고
까짓거
너 다 줄께

가져
가져

네가
원한다면.

물안개

두엇이 부끄러워
얼굴 숨겼나
궁금한 네 마음

언제쯤 네 맘 열까
기다리다가
기린목 되었다

너일은 우리 만나
정담 나누며
커피를 마실까

한때는 자주 만나
웃음 꽃피며
행복 해 했잖니.

그런 오늘

아프다, 아프다
속으로만 울었다
어쩌냐
어쩌냐

나, 정말 어쩌냐
생각이 멈추었다
사랑한
너까지

잃고 말았으니

잃었다 과거를
내일은 비 온단다
또, 너를 부르리.

명분

말없이
떠나버린
너를 찾고자
나는 가출한다

어디서
무엇을 하든
건강만은
챙기자

그래야
둘 중 하나는
잘잘못을
뉘우칠 일 아니냐.

땅

땅은
안아주고 보듬을 뿐
배신을 모른다

모든 것을 받아주고
무엇이든 지킬 뿐이다

사람이 이유를 달며
파헤치고 놀이할 뿐

땅은 순리에 따르지
타박은 결코 하지 않는다

최선을 다하는 삶을 살 뿐이다

언제나 사람이 문제다
땅은 존재로 만족한다.

살아가다 보니

만남이
소중하다면
인연은
아름다워야
보배다

서로가
행복해야 되니까

그렇더라
우리네의 인생이.

그녀가 그리운 밤

바람난
밤꽃향이
골목길 접어들어
창문 두드리며
속삭이는 말
사랑해
사랑해

나를 꼬신다

지사랑
받아달라고.

비 내리던 날

비가 내리면 그날이 떠올라
그리움의 비가 되어
하염없이 슬픔의 눈물이 흘러
내 마음을 아프게 합니다

왜 떠났을까
무엇이 무엇이 그를 데리고 갔을까
도무지 이해 안 되는 그녀의 행방을
아직도 이해 못 한 채
묘연한 사랑만을 꺼내어 봅니다

비가 내립니다
그날 그리워
잊혔던 추억을 눈물로
되씹어 보며 아련함을
다시 기억하려니 또 아픕니다.

살아보니

지금껏
살아보니
맘 편한 사람이
그냥 좋았다
누가
뭐라 뭐라 해도
그렇더라
제일이더라
나를
편하게 하는 사람

그 사람이.

33733 그리고

꿈꾸던
한 소년
참인생 잡으려고
아직도
꿈꾼다

꿈은
늘 푸른 하늘처럼
생물이니.

행복

네가 웃으면
나도 웃는다

좋아서.

오늘도 여전히

그리움의 끝은
언제나
너였다
오늘도 여전히 난
너를
생각하며
아쉬움의 눈을
감는다

너의 존재만으로도
난
행복이다

오늘도 여전히.

<축하의 말>

(춘하추동 발행인) **고 현 숙**

먼저 또 한 권의 시집을 발간하심에 축하를 드립니다.

시조집 2권을 세상에 내어놓았고, 시집으로는 일곱 번째가 아닌가 싶다
'이제 그만해야지요' 하는 겸손을 앞세우지만, 창작이라는 매력덩이를 어찌 버릴 수가 있단 말일까.
선생님의 시간 속에는 수많은 이야기가 존재하기에 시와 시집을 병행하면서 작품 발표를 하고 계시는 게 아닐까 싶다.

그러고 보면 선생님의 작품 속에는 스스로 던지는 질문들이 가득하다. 그렇게 전개된 글 마지막에는 어떤 것이든 슬그머니 답을 내어놓는다.
그 답을 이해하든 못하든 선생님은 순간에 많은 것

을 정리하는 것일 거다.

160여 편의 작품을, 세월을 더듬어 담아낸 작품들로 『소년이 된다』라는 제목으로 탄생시킨 마음처럼 이제는 건강도 신경 쓰시면서 창작의 열정에 손을 놓지 마시고 더 알찬 작품들로 다시 만나길 부탁드려본다.

아마도 올가을에는 시조집을 발표하기 위해 작품 정리를 하고 계시는 것으로 알고 있다.
왕성한 활동에 박수 보내며 다시 한번 『소년이 된다』 발표하심을 축하드립니다.
언제나 소년이시길 바라며

2026년 1월 10일 횡천 사무실에서

소년이 된다

초판 발행 2026년 1월 26일
지은이 안효만
펴낸이 고현숙
펴낸곳 문학 춘하추동
등록번호 제2023-000001호
주소 경남 하동군 횡천면 경서대로1140 2층
전화 055-884-5407/010-3013-2223
이메일 munhakcnsgce@hanmail.net

ISBN 979-11-87170-92-1
값 15,000원